OBSERVATIONS

SUR

LES ŒUVRES POETIQUES

DE

M. DE CAUX DE CAPPEVAL;

Natif de Normandie , Ex - Oratorien ,
ancien Régent d'un Collége de Province,
par M. le Chevalier de * * *.

AVEC

UNE LETTRE

Du véritable Auteur du Siécle Littéraire,
à M. le Chevalier de * * *.

Le mal qu'on dit d'autrui , ne produit que du mal.
Despréaux , Satyr. VII.

Prix , 8 sols.

A LA HAYE.

M. DCCLIV.

AVERTISSEMENT.

LA grande réputation que le fameux M.
de CAUX DE CAPPEVAL s'est ac-
quise dans la République des Lettres, par ses
Poëmes & ses Critiques, a blessé certains Auteurs jaloux, & réveillé l'envie qui se plaît
à persécuter les Hommes illustres. Je finissois
mes Observations sur les ŒUVRES POETIQUES
de ce rare Ecrivain, lorsqu'on m'a fait tenir
une Lettre anonyme, dans laquelle on paroît
mécontent de ses décisions littéraires. Je la
communiquerai au Public, puisqu'elle servira
à prouver combien le vrai mérite est persécuté.
Au reste, M. de Caux ne doit pas retarder
d'un pas sa marche glorieuse, ni s'arrêter un
moment dans la noble carriére qu'il parcourt
en Géant. Un grand GENIE, que la Nation
admire, ignore en effet s'il a des ennemis.

OBSERVATIONS

SUR LE
POEME DU PARNASSE,

Et autres Œuvres Poëtiques de M. de *Caux*.

Sumite materiam veſtris, qui ſcribitis, æquam
Viribus.   Horat.

JE commence par la Préface, qui me paroît écrite d'une maniere auſſi inſtructive qu'a- muſante, pour ne rien dire de plus.

L'eſprit fait de jolies choſes, le génie en fait de grandes, dit avec raiſon M. de CAUX, qui a beaucoup de genie. *Mon ſtyle eſt grave, figuré, périodique, tel qu'il doit être dans l'E- popée, avec de grandes & de nobles images dans le goût des Anciens,* dit M. de *Caux,* parce qu'il a le droit de parler ainſi ; & que ſon rare Ouvrage confirme ce qu'il avance avec une ſi noble hardieſſe. *Mon Poëme eſt un genre nouveau qu'on peut appeller* EPICO- DIDACTIQUE, *parce qu'il inſtruit par l'E- popée ; régulier dans ſa forme, il marche rapidement,* dit M. de *Caux.* Tout le monde eſt d'accord là-deſſus, excepté quelques Cri- tiques trop malins & trop eſtimés à mon ſens ; mais que M. de *Caux* mépriſe, attendu qu'il eſt un ſavant perſonnage, qui ne donne aucune

prise à la satyre. *J'ai vû les Campagnes mé-*
morables , & par la maniére dont je les traite,
on peut dire que mon Poëme devient une Ecole
de gloire militaire & de vertu , dit M. de
Caux. Les grands Maîtres parlent d'eux-mê-
mes avec cette franchise.

Le Parnasse a comme les autres Etats ses
Grands & son Peuple. Oui , M. de *Caux* ,
mais pour vous , vous figurez avec les Grands ,
& des plus Grands. DES ECRIVAINS TE-
MERAIRES *s'exposent à grossir le nombre*
de CES FLEAUX LITTERAIRES , *qu'on*
voit inonder le monde d'un torrent d'Ecrits sans
force , sans utilité , souvent même sans vertu.
Oui , M. de *Caux* , mais vos vers fortunés
ne sont pas de ce nombre : à la verité ils
inondent le monde , mais ils sont forts , ils
ont une vertu qui opere dès qu'on les lit. *Un*
homme qui pense , ne peut pas se permettre le
MAUVAIS. Oui , M. de *Caux* , vous pensez
beaucoup, voilà pourquoi vous publiez des Ouvrages excellens.

Avec un dessein bien pris & de belles idées,
nous ferons certainement du bruit dans le
monde , sans aucun doute , M. de *Caux* , vous
en êtes la preuve. *Le Public jugera de l'exé-*
cution , il a jugé M. de *Caux* ; & transporté
d'un beau zele, il a pensé en admirant les traits
éclatans dont votre Poëme est rempli, il a pensé
que *Despréaux* avoit eu raison de dire, de certains Poëtes de son tems , qu'ils avoient en-
nuyé le Roi du recit de ses propres exploits ,
que leur orgueil étoit insupportable , que pour
rimer des mots ils pensoient faire des vers ; le
Public, en un mot, a trouvé dans CERTAIN
POEME REPROUVE' le sublime de *Scuderi* ,

&

(5)

& l'élégance de *Chapelain*. Vous êtes bien per-
suadé , M. de *Caux* , que ce n'est pas dans le
vôtre ; car le même Public admire votre pro-
digieuse fécondité, & ne lit plus la HENRIADE,
depuis que votre PARNASSE est imprimé. Je
ne sais d'où vient vous avez eu la politique de
dire : *En admirant les beautés de détail dans*
la Henriade , *je me tais sur l'ordonnance de la*
fable du Poëme , mon silence est prudent , il faut
quelquefois de l'indulgence. N'est-ce pas parce
que vous rendez de fréquentes visites à Madame
D * *. Quelle obligation ne doit-elle pas vous
avoir ? Y a-t-il homme en France , qui fasse
aussi-bien que vous sa cour aux Dames ?

Je suis étonné, M. de *Caux*, qu'un aussi grand
Homme que vous , ait daigné traduire en Latin la * foible *Henriade* , vous répondrez que
c'est dans des momens perdus , & par forme
d'amusement. D'ailleurs vous avez été autrefois Régent dans un College de Province , &
cette traduction est plutôt l'ouvrage de vos Eco-
liers que le vôtre.

Le Public , M. de *Caux* , a été sensiblement
touché de deux endroits de votre PARNASSE,
où tout grand Homme que vous soyez , vous
parlez de vous-même avec une modestie , qui

---

* Cette *Henriade* latine corrigée , augmentée , em-
bellie , ne sera pas imprimée à Paris. Notre illustre
Auteur qui doit faire un voyage à Londres, pour l'é-
dition de son grand Poëme de trente mille vers , y
fera imprimer en même tems cette *bagatelle,* tandis que
ses Libraires de Paris exposeront en vente son *S. Louis*
du Pere *le Moine* , remis en bon François , ses *Criti-*
ques , ses *Chansons* , &c. &c.

O bienheureux de *Caux* dont la fertile plume
Peut tous les mois sans peine enfanter un volume.

A 3

fied bien aux génies fuperieurs. Par exemple,
vous dites aux Mufes, avec lefquelles vous avez
des relations connues. Eh ! qui peut en avoir,
fi ce n'eft vous ?

J'irois cueillir les fleurs qui naiffent fous vos pas,
Si ces fleurs dans mes mains ne fe flétriffoient pas.
Pour peindre un *Aléxandre*, il faut être un *Appelle*.

Je me rappelle encore un morceau de votre
Poëme, où vous critiquez finement le PEUPLE
POETE, ce font vos expreffions : Eh bien,
M. de *Caux*, le Public a deviné le pauvre ri-
meur qui eft l'objet de votre ingémieufe malice.
Je ne vous le nommerai pas, vous le connoif-
fez mieux que moi.

Le Dieu n'avouoit point ces bifarres accès,
Que leur Mufe a marqués de foibleffe ou d'excès.
Emportés la plûpart d'une fougue imprudente,
Sans attendre du ciel leur force dépendante,
Errent fur le Parnaffe, infracteurs de fes loix.
LEURS VERS CONTAGIEUX flétriffent LES EXPLOITS.

Permettez - moi, Monfieur, de parcourir
avec des yeux attentifs votre divin Ouvrage,
dont la longueur avoit épouvanté les Journa-
liftes. Vous ne ferez peut-être pas plus fatis-
fait de mon zele, que des Critiques badines d'un
Périodifte ingénieux, qui le premier cependant
a eu l'avantage de vous faire connoître
dans le grand monde, & de commencer votre
haute réputation. N'êtes-vous pas autant au
deffous des éloges qu'au deffus de la fatyre ? Je
ne cefferai d'admirer fincérement le titre de
votre Ouvrage. PARNASSE OU ESSAIS SUR
LES CAMPAGNES DU ROI. Ces deux ob-
jets n'ont-ils pas un jufte rapport entre eux ?
N'annoncent-ils pas un Poëme original, qui

fuivant

fuivant vos promeffes aura une ordonnance
exacte, une marche pompeufe, un enchaîne-
ment merveilleux, l'annonce n'eft pas trom-
peufe. On en peut juger.

Votre Ouvrage a douze chants. Chaque
chant a fon titré, & tous ces titres vont fort
bien enfemble. Voilà les douze infcriptions fa-
meufes : il fuffit de les citer pour garantir la
juftefle de ma propofition. Arrivée du Roi au
Parnaffe ; Poëtes Epiques anciens ; Poëtes Epiques modernes ; Arc de Triomphe ; Rois de
France ; Siécles de Louis XIV, & de Louis XV ;
Regne de Louis XV ; Bataille de Fontenoy ;
Succès de cette Bataille ; Etat de l'Europe ;
Monumens de la France ; Temple du Deftin.

Ce ne fera jamais à vous, M. de *Caux*, qu'on
pourra appliquer ces vers de notre *Horace* :

Or le Lecteur qui fe fent affliger,
Le donne au Diable ; & dit, perdant haleine ;
Hé finiffez RIMEUR à la DOUZAINE.

La *Henriade* n'eft qu'une *Chapelle*, ainfi l'a
decidé M. de *Caux*. Il n'y a point d'appel.

Nous avons un Poëme imprimé depuis quelques années, qui n'eft qu'un amas informe de
metaphores outrées & de mots barbares. Quel
nom lui donner ! Son Architecte lui feul peut
en trouver un convenable. Pour moi je ne vois
dans tout cela, que les ruines d'un vieux Châ-
teau gothique. Toutes les parties de ce pré-
tendu Edifice, pour me fervir de l'expreffion
du grand *Rouffeau*,

Heurlent d'effroi de fe voir accouplées.

Il n'en eft pas de même apparemment du
PARNASSE de M. de *Caux*, c'eft un Temple

immenfe bâti de porphire, c'eft un rare affem-
blage de toutes les merveilles de la Nature &
de l'Art. .

J'ofe, M. de *Caux*, m'entretenir avec vous ;
mais c'eft pour m'inftruire, & non pour difpu-
ter. Je vous refpecte trop pour vous contre-
dire. Le génie ne doit-il pas être fécond &
raifonnable tout à la fois ? Il infpire je crois
les grandes ames, fuivant les lieux, les tems
& les coutumes. Il fait naître les beautés qui
font de toutes les Nations, comme celles qui
font propres à chaque Nation en particulier.
Il a prefidé à la compofition de l'*Iliade*, de
l'*Enéide*, de la *Jerufalem délivrée*, de la *Lu-
fiade*, du *Paradis perdu*, & fans doute de
l'Immortel Poeme du Parnasse,
qui vient d'éclipfer à jamais la Henriade,
pour laquelle nous avions une fotte preven-
tion. Cependant le Poëte Grec, le Latin, l'I-
talien, le Portugais, l'Anglois, le François
ont un ton different, une maniere qui n'eft
pas la même, un coloris qui caracterife chaque pays.

Pour le genie qui infpire M. de *Caux*, ce
rimailleur que vous connoiffez, c'eft un génie
à part, ce n'eft pas ce feu divin qui a animé
Homere, *Milton*, &c. c'eft un génie tout-à-
fait neuf. Son coup d'effai n'eft pas un *Parnaffe*
ou *Effais fur les Campagnes du Roi*, une *Apologie du goût François*, des *Adieux aux Bouffons*,
& autres Ouvrages qui ont fait le voyage du
Temple de Mémoire, avec une rumeur & des
acclamations inouies.

Quel feroit l'homme affez barbare, affez
depourvû de goût, pour comparer le Poëme
du Parnasse à un feu éteint, qui vous laiffe
dans

dans la fumée & dans les ténèbres ?! Qui oseroit dire qu'il n'y a dans cette merveilleuse Poësie aucun trait neuf, qu'il n'y a pas une seule pensée du propre fond du Poëte ; que les comparaisons, que les images, que tout est d'emprunt; qu'il en coûte bien cher aux Ecrivains que l'Auteur met à contribution ; qu'un nombre infini d'hémistiches de la pauvre *Henriade* sont altérées, corrompues & méconnoissables ; que quelques morceaux d'*Homere*, que quelques comparaisons du Chantre d'*Achille* sont travesties & défigurées ; qu'il y a des gens qui ont le malheureux talent de gâter les plus belles choses ; qu'il ne reste en un mot à l'*Ex-Oratorien Poëte*, que la tournure du vers, que le coloris dont encore on pourroit absolument trouver le modele dans *Chapelain* ? O l'ignorant ! ô le visigot ! ô l'écervelé ! qu'un homme qui parleroit ainsi.

O l'excellent juge ! O la bonne tête, que celui qui dira à haute voix, que M. de *Caux* a des expressions neuves, des traits inattendus, & des tableaux étonnans, qui ne seroient pas aisément d'un autre ! Pour ne point faire mourir mon Lecteur de plaisir, je ne choisirai dans ce vaste & riche Océan poëtique, que quelques endroits sublimes, que quelques figures frappantes. L'agreable occupation pour moi !

On trouve d'abord ce beau vers adressé aux Muses :

Quelle vaste matiére à vos brillans portraits !

On trouve que le genie de la France
Veut se montrer lui-même en toute sa grandeur.

On trouve que l'Aurore en pleurs,
Avec ses doigts de rose en coloroit les fleurs.

On trouve dans cette admirable production, *des champs semés de perles liquides ; la majesté qui siège en un visage ; Pallas d'une tête immortelle enfantement divin ; une écumante vapeur ; un spectacle vainqueur dans sa rapidité* ; on fait dire si élégamment à APOLLON, *sujets de mon empire éclatez sous mes loix* ; les MUSES *font retentir d'immortelles chansons.*

Je m'arrête à ce vers sublime au sujet de *Voltaire*, à qui M. de *Caux* a l'indulgente bonté de donner des conseils sur l'Epopée.

Pendant que dans tes vers ainsi Bellonne *roule.*

ROULER, SOUFFLER, RAPIDITÉ', toutes expressions pittoresques très-familiéres à l'incomparable Auteur des *Essais*. Je serois choqué du mot *Essais*, qui ne convient pas à un chef-d'œuvre, à un coup de Maître ; mais mon grand Poëte me rassure, en avouant de bonne foi, que ce mot ESSAI, *n'est qu'un titre plus modeste, qui n'empêche pas qu'un Ouvrage ne soit complet.*

On trouve dans ce bel Ouvrage Virgile *comme un frein conduira le génie ; un divin protecteur qui souffle la flamme épique ; un rang, un sceptre affecté au régne de l'Histoire ; un sommeil historique ;* Homere *puisant de la vigueur dans sa chûte ; des Poëtes éclos de sa fécondité, se précipiter à des coups éclatans ; un incendie qui parmi la flamme ardente roule la fumée.*

Voici deux vers très-sonores dans lesquels l'Auteur désigne la *Henriade.*

Mais par-tout répandus les vers harmonieux,
Délices du François les traits ingénieux.

Que ces inversions-là font un bel effet !
Comme

Comme il n'y a dans la *Henriade* (malgré ses nombreux partifans & fon grand fuccès) que de petites gentilleffes , que quelques traits ingénieux, les louanges que M. de *Caux* lui donne, ne peuvent paffer que pour une ironie délicate , & ce grand Critique a raifon. Peut-être a-t-il voulu avoir un peu d'indulgence pour le pauvre *Voltaire* , ce qui eft louable. Je le crois d'autant plus volontiers, que M. de *Caux* convient que la *Chapelle* de *Voltaire* eft gentille , & qu'il eft le *Lucain* des François. Compliment qui a dû faire un grand plaifir au Chantre de *Henri IV.*

Il faut dans un Poëme du véritable génie. Comment donc ofe-t-on célébrer les belles actions d'un Héros , lorfqu'on ne peut enfanter que des grands mots vuides de fens , que des vers durs & enflés qui ne font feulement pas, fi on ofe le dire, les bâtards du vrai fublime ? Vive, vive l'*Effai* , en attendant le *grand Poëme des Campagnes*, qui fera le plus vafte des Temples, & la plus rare production de l'efprit humain. Un Dieu *a foufflé la flamme épique à* M. de *Caux.* Déeffe au cent yeux auras tu affez de voix pour annoncer ce chef-d'œuvre? *Sœurs d'Apollon* aurez-vous affez de lauriers pour couronner l'Homere Normand? Continuons nôtre examen.

On trouve encore , car que ne trouve-t-on pas de magnifique dans le Poëme de M. de *Caux* ? Voltaire *eft le feu* Lucain *n'eft que l'amorce* , *un efprit Homérique* , *une cour Parnaffique* , *une cour Ethérée* , *un Créateur des rejettons* , *un Olympe qui devroit repréfenter* dans le Poëme de la Religion de M. *Racine* , à qui l'Auteur preferit des régles avec l'auto-

rité convenable à un Législateur. M. de *Caux*
a daigné autrefois instruire la jeunesse, mais
à présent il est en droit de parler à *Voltaire*
& à *Racine* comme à ses écoliers. M. de *Caux*
après avoir mis entre les mains de *Despréaux*
le SCEPTRE DIDACTIQUE , veut bien
s'abaisser à dire :

Le Chantre de LOUIS peut apprendre de toi,
L'art de charmer l'Europe & de plaire à son Roi.
Porte devant ses pas un flambeau salutaire ,
Et que par toi sublime il nous rende *Voltaire*.

Cette demande est d'une très-petite consé-
quence. Seroit-ce une chose si curieuse, que
de voir un M. de *Caux* métamorphosé en un
M. de *Voltaire* ! Assurément le grand de *Caux*
perdroit au change, si malheureusement pour
lui nous étions encore dans le siécle des pro-
diges & des enchantemens.

Admirons *un mur de beaux esprits*, à la tête
desquels brille l'Auteur, *un midi radieux* , &
sur-tout ces deux vers sur M. d'*Argenson*.

Il marchoit en guerrier dans les champs du trépas,
Et préparoit la mort , mais ne la portoit pas.

Ces deux vers sont d'un goût nouveau. C'est
une imitation très-embellie de cet endroit de
la *Henriade* , où *Voltaire* peint *Mornay*.

Et son rare courage ennemi des combats,
Sait affronter la mort , & ne la donne pas.

Je ne doute point que M. de *Caux* ne fît
de la *Henriade* un Ouvrage assez passable, s'il
daignoit la refondre ainsi.

Récrions-nous sur ce vers unique de M. de
Caux.

Et parmi les Héros premier Prince du Sang.

Ah !

Ah ! le mauvais vers , ah ! l'infipide vers
que celui du *Charlemagne* de M. le *Laboureur*,
Bailli de Montmorency , qui avoit l'avantage
d'être Poëte Epique comme M. de *Caux* ; mais
qui n'avoit pas comme M. de *Caux* la force
de foutenir un fi pefant fardeau.

Premier Prince du Sang du premier Roi du monde.

Ne nous laffons pas de louer *l'éclat qui re-
dore ; puifer la lumiére à l'urne du foleil ,*
la magnifique idée ! *D'un pénible effort repouffer
le néant ; l'occident qui s'enfle moins que l'o-
rient en montrant plus de cœur ; un infortuné
midi qui n'a que l'obfcurité.* Avec une fi belle
Poëfie M. de *Caux* à raifon de vouloir ,

Que les Rois attentifs obfervent fes accens.

Récrions-nous fur *la Françoife valeur , fur
les céleftes parquets , qui fous les coups de pin-
ceau , devinrent le tableau de la guerre ; fur
le féjour du nectar.* C'eft ainfi qu'on appelle
les cieux ; la belle image !

On doit fe fouvenir à jamais *des revers qui
étendent un voile ; d'un peuple qui devient
Marchand, de foldat qu'il étoit ; de l'immortalité qui répand l'ambroifie.* On fe doute bien
pourquoi M. de *Caux* parle inceffamment de
l'immortalité. Les grands Hommes l'ont toujours en vûe.

Je vais offrir à préfent un éloge de nos il-
luftres , fait de main de Maître.

L'éloquente voix de ces Ecrivains roule
comme un tonnerre. Beau début.

Bourdaloue eft un fleuve d'éloquence ; *Maf-
fillon* eft un rapide torrent ; *Boffuet* s'éleve par
l'orage ; *Defcartes* arpente les céleftes campa-

gnes ; *Mallebranche* est une ame spéculative & forte en argumens, *Paschal* pour un mortel a trop d'esprit ; *Deshoulieres* peint les vagues du fort ; *Voiture* noye le sentiment dans l'esprit ; *Rousseau* regorge d'harmonie ; M. *Maupertuis* est un audacieux génie ; M. *Duclos* purifie au feu de la critique les mœurs d'un siécle éclairé ; M. *Roi* soutient l'éclat du Corps Archangélique ; M. l'Abbé d'*Olivet* d'un pas laborieux s'avance au chemin de l'immortalité ; M. le Président *Hénault* d'un pas chronologique parcourt l'Histoire ; M. l'Abbé *Goujet*, dans sa Bibliothéque, offre les François comme au sein de l'immorralité; Mademoiselle *Fell* a une voix qui vole en tourbillons, ou roule en torrens ; M. de *Fontenelle* marche dans les miracles. Son art développe d'académiques fastes & illumine par tout les matiéres ; M. de *Voltaire*, Historien de *Charles*, & Chantre de *Henri*, offre aux yeux des Nations une CHAPELLE. Ce n'auroit pas été à propos d'un M. de *Caux*, que le grand *Rousseau* auroit dit :

Or maintenant veillez graves Auteurs ,
Mordez vos doigts ; ramez comme corsaires ;
Pour mériter de pareils protecteurs ,
Ou pour trouver de pareils adversaires.

On trouve dans la description des Campagnes du Roi, *un corps de troupes, d'une marche pénible harmonieux accords* ; on trouve qu'à la convalescence du Roi, *un torrent inonde le Permesse.* Il est bon de remarquer que le *Permesse* est un fleuve du *Parnasse*, & que le *torrent* qui inonde un *fleuve*, offre par conséquent une image très-neuve, & que le seul M. de *Caux* pouvoit risquer. Enfin le Dieu des vers appelle M. de CAUX son favori, M. de CAUX,

éleve

éleve de la France, à la France inconnu. Et
soufflant à M. de CAUX *la flamme épique,*

Fait paſſer en ſes mains la trompette héroïque.

Cette trompette-là eſt en de très - bonnes
mains, auſſi tôt, comme il ne pouvoit man-
quer d'arriver, lorſqu'un ſi grand Homme en-
troit en lice (car lorſque M. de *Caux* dit qu'*il*
étoit inconnu à la France, c'eſt qu'il plaiſante).

. . . . L'envie en pouſſa d'affreux mugiſſemens.

Je ſuis enfin à la *bataille de Fontenoy*, que
M. de *Caux* a faite avec un grand ſoin, c'eſt
la partie du Poëme dont l'Auteur eſt le plus
content. *Voltaire* a travaillé ſur le même ſujet,
mais M. de *Caux* lui a montré comme il auroit dû s'y prendre. Qu'on liſe *Voltaire* & de
Caux, on ſentira la différence. Vous êtes un
furieux Poëte, M. de *Caux* ! Qui que ce ſoit
ne peut vous réſiſter ! J'applaudis de tout mon
cœur à votre *bataille de Fontenoy* en général,
mais en particulier à l'*orage qui proméne les*
rapides torrens, au *char qui proméne le ſoleil*
au céleſte ſéjour, à la *voix du tonnerre, qui*
roule les deſtins de la terre dans l'Olympe, au
lion qui débouche, à la *colonne Angloiſe qui*
eſt un Ethna vivant.

Ne paſſons pas ſous ſilence trois vers admirables, qui donnent une grande idée de l'Auteur & de ſon talent Poëtique.

Le bataillon cédant en monſtre terraſſé,
Dans la déroute entraîne un corps d'infanterie,
Qui marchoit à l'appui de la cavalerie.

M. de *Caux* qui ſait tout ce qu'il vaut, &
qui a remarqué comme moi, que ces vers ſont

sublimes , & d'une Poësie de style inimitable ,
se fait faire à ce sujet un petit compliment par
Calliope :

D'un si fier nourrisson *Calliope* s'étonne.

Quelques gens trop scrupuleux trouveront
que notre Poëte ne donne à personne la peine
de l'encenser, & qu'ouvrant la corbeille , il
prend à pleines mains les guirlandes. Bagatelle!
Ne doit-on pas le pardonner à M. de *Caux*,
sur-tout dans la chaleur de la composition ?
On passe tout à un mérite éminent. Si M. de
Caux n'étoit qu'un enfileur de dactyles, qu'un
petit manœuvre qui au bout de méchante prose
ajustât des rimes , on auroit raison de lui faire
ce reproche. Mais l'Auteur des *Essais* est *un
fier nourrisson dont* Calliope *s'étonne.*
En peut-on douter , lorsqu'on lit dans le
chant qui a pour titre : SUITE DES CAMPAGNES,
une prunelle guerriére ; Raucoux *qui s'obscur-
cit dans un vaste assemblage* ; Marius *qui cher-
che un asyle en la fange de l'herbe* ; *les gla-
çantes horreurs des hyvers* ; *des nuages êpais,
à l'humaine paupiére invincibles remparts* ; *le
Souverain Pontife que le ciel enveloppe au haut
du* Vatican ; *un éloge qui s'envole a l'immortalité* ? Je n'en suis point surpris, il est de M.
de C A U X , *un trépied Delphique, un Dieu qui
reçoit dans son œil prophétique les rayons ras-
semblés au télescope antique.* On appelle le De-
stin sa D U R E M A J E S T E'. Que cela est bien
trouvé. On n'y peut plus tenir.

Où notre Auteur divin prend-il ces gentillesses ?

Quel effort de génie n'a-t-il pas fallu pour
trouver cette pensée ! *Une immortelle paupiére*
qui-

qui reconnoît un bras. Je ne crois pas que cela
ait jamais été dit par aucun Auteur François.

Je connois un homme qui a le malheur d'ê-
tre père d'une immense collection de vers de
toute espéce ; c'est - à - dire , épiques , comi-
ques , tragiques , burlesques ; ce méchant Auteur a la folie de parler fréquemment de lui-
même dans sa pitoyable rapsodie.

Mêlant à tout propos
Les louanges d'un fat à celles des Héros.

Que notre illustre M. de *Caux* est différent
de ce personnage ennuyeux , c'est avec des
graces & de la dignité , qu'il a soin d'instruire
le Public , de ses voyages & de ses amuse-
mens. *J'ai suivi* Mars , dit le grand Homme ,
*j'ai été le témoin des conquêtes , je fais jouer
de la flûte , ou dans ma flûte j'enfle d'un souffle
harmonieux la mélodie , ou la flûte calme mes
inquiétudes , ou , &c. &c. &c. &c.*

Je ne citerai plus que ces vers admirables ,
où l'on trouvera tout ce qui constitue la belle
& sublime poësie , grandes images , harmonie ,
rithme , poësie de style , inversions , langage
figuré.

Attaquant par la gauche & répandant l'effroi,
La COURONNE appuyoit d'AUBETERRE & du ROI.
L'IRLANDOIS, les VAISSEAUX, troupe aux
feux enhardie,
Se portoient à la droite & suivoient NORMANDIE.

Il nous reste encore à examiner un Poëme
du célébre EX-ORATORIEN, l'*Apologie du goût
François relativement à l'Opera.* C'est à qui
aura cette production , le Libraire n'y peut
suffire , & l'on en prépare deux nouvelles édi-
tions pour le pays étranger. On a mis à la tête
du Poëme une estampe , qui est le *nec plus ul-*

tra, de la compofition pittorefque. *Pégafe* pré-
cipite M. *Rouffeau*, de Geneve, du haut du
Parnaffe en bas. C'eft fans doute de ce Parnaffe que je viens d'examiner, ce qui va faire
un tort confidérable à M. *Rouffeau*, & d ns ce
fiécle, & dans la poftérité la plus reculée. Il
y a dans l'Apologie autant de génie, d'élégance
& d'aménité que dans les *Effais fur les Campagnes*. Un difcours préliminaire très réfléchi
& très pathétique ; nous inftruit des deffeins
du réparateur des torts du genre humain, (c'eft
un nouveau titre qu'on peut donner à l'immortel M. de *Caux*). Là, M. le Régent ven-
ge la Mufique Françoife, inftruit les Phi-
lofophes, & fouette les Prophétes & les
Bouffons. M. de *Caux* eft un vigoureux cor-
recteur. Si notre Mufique avoit toujours eu un
protecteur tel que M. de *Caux*, elle feroit plus
connue & plus refpectée. Sans M. de *Caux*,
fans fes brillantes Piéces fugitives contre les
bouffons, fans cette Apologie du gout, l'Art
marchoit à fa ruine. On y trouve encore les
portraits de *Lully*, de *Rameau*, de *Mondon-
ville*, mais M. de *Caux* ne fauroit trop fe répéter. Enfin ce nouveau Poëme peut fervir de
fupplément au Parnaffe, il en eft digne, té-
moins ces vers pris à l'ouverture du livre, car
ici il n'y a point à choifir ; tout eft grand ,
tout eft beau . tout eft magnifique.

L'Opera dans fa marche artiftement tragique ;
Admet le merveilleux, ornement de l'Epique.
Voilà fon caractére, & fa forme le rend,
Par ce mélange affreux, un corps tout différent.

On remarque encore ces deux beaux vers :

Mais la France aux Romains ne tient que par la foi
Et Rome à l'Opera n'impofe point la loi.

Eft-

Est-il un plus élégant badinage ? Peut-on mieux faire que de donner à la Musique Italienne, & aux Italiens le nom de *Romaine* & de *Romains* ? Qu'importe que ce ne soit pas à Rome qu'on exécute le plus de Musique, que les spectacles mêmes y soient peu fréquens, que ce soit à Naples, à Venise, &c. où l'on doit, s'il est permis de le dire, placer le trône de la Musique Italienne : un grand Poëte ne prend pas garde à ces légéres bagatelles.

On dit à ce propos pour combler sa disgrace,
Que *Pégase* indigné de le voir au Parnasse,
Lâchant une ruade, a GRAVE' sur son front
LE CARACTERE EMPREINT d'un immortel affront.

Que ces vers, & sur-tout le dernier, sont d'une grande vérité, M. de *Caux* !

Dans ses *Adieux aux Bouffons*, notre Poëte fait une sortie assez vive contre notre siécle. Il a cependant lieu d'en être content. Ce siécle qu'il n'épargne pas dans ses vers, a fait un accueil assez vif à tous ses Ouvrages ; & sur-tout à l'excellent Poëme de *Berg-op-zoom*, que je trouve entre les mains de tout le monde, Poëme qu'on peut appeller le fils ainé du génie de M. de *Caux*, suivi bien-tôt après de cadets admirables, qui ne font point partagés en cadets de Normandie.

Ce que j'ai cité de l'*Apologie du goût François*, suffit pour faire juger du mérite de cet Ouvrage. Quoique le *Parnasse* soit imprimé en 1752. & que l'*Apologie* soit de 1754. notre Poëte soutient son même ton, son même enthousiasme, il a le talent précieux d'etre éloquent en vers, il est un de ces hommes privilégiés, qui ne paroissent que de trois siécles en trois siécles pour embellir & instruire l'univers.

Quoiqu'on puiſſe objecter que ce dernier
Poëme n'a que deux mille vers, & que le premier en a ſix mille, j'oſe dire qu'il n'y a pas
moins d'expreſſions neuves. D'ailleurs, que le
Public ſe conſole, le grand Poëme des C A M-
P A G N E S de trente mille vers eſt prêt à paroître, il s'imprimera par ſouſcription, avec
de magnifiques eſtampes, vignettes, culs-de-
lampe, & le portrait du grand M. de C A U X
à la tête, ce qui fera un bel effet.

Quelque grand Poëte Epique que ſoit M. de
Caux, il veut bien s'abaiſſer à de moindres ob-
jets. Las de voir le Théâtre en proie à de jeunes gens ſans génie, Monſieur le Régent va paroître ſur la ſcene. Nous attendons ſon A C H I L L E,
que Meſſieurs les Comédiens ont écouté avec
tranſport, & reçû avec empreſſement. Je crains
pour les Tragédies de *Crébillon* & de *Voltaire*.
Après l'*Achille* de M. de *Caux*, quel cas pourra-
t-on faire de *Rhadamiſte* & de *Mérope* ?

Monſieur de *Caux* dit dans un Ouvrage
en proſe. (M. de *Caux* fait de la proſe comme
des vers, des critiques comme des poëmes, des
préfaces comme des chanſons) ,, Le Théâtre
,, eſt en butte à la témérité de la jeuneſſe, ce
,, ne ſont pas même des *Pradons* qui l'aſſié-
,, gent. Vous ſouhaitez l'apparition de quel-
,, que H O M M E D E G E N I E, qui vienne en
,, venger la gloire. Cet H O M M E D E G E N I E
eſt trouvé, ô Théâtre François glorifie toi !
L'*Achille* du grand de C A U X va paroître, le
grand de C A U X eſt cet H O M M E D E G E N I E.
Avec quelle adreſſe s'annonce-t-il lui-même ?
Le célébre M O I de *Médée* n'eſt pas plus ſu-
blime.

Il ne s'en tiendra pas-là, le grand Homme,

il fera les paroles & la musique de plusieurs Opéras. N'est-il pas Musicien ? Ne joue-t-il pas de la flûte ? Comme il n'est pas moins grand Parodiste que grand Epique, que grand Tragique, que grand Critique, il finira par un *Opéra comique*, dans le genre noble & tout étincellant de génie.

Il est bon qu'on sache que le fameux Abbé *Desfontaines* a prédit, que M. de *Caux* seroit un des plus grands personnages de son siécle. L'Abbé *Desfontaines* dont les louanges, assez souvent étoient ironiques, louanges pourtant que quelques sots Auteurs prenoient au pied de la lettre, ce célébre Critique a loué véritablement, mais beaucoup loué une *Ode sur l'Homme* de M. de C A U X, qui à la vérité se trouve dans tous les cabinets des curieux ; & qui jointe à d'autres Odes, de la composition de notre illustre Régent, obscurciront l'éclat de celles de *Rousseau*. Assurément si M. de *Caux* veut bien, dans ses heures de loisir, continuer à examiner les Ouvrages de nos Ecrivains, les feuilles de deux ingénieux Auteurs, Messieurs *Fréron* & *la Porte* vont tomber sans ressource.

Outre tous ces talens réunis que le seul M. de *Caux* posséde, il a encore celui de dérober des vers à *Corneille*, à *Despréaux*, à *Moliere*, à *Voltaire*, vers qui la plûpart du tems très-foibles, deviennent excellens par la tournure qu'il prend la peine de leur donner. On ne reconnoît presque plus ces pauvres vers. Anathême donc au mauvais plaisant, à l'envieux, au jaloux, qui a eu la témérité de parodier ce morceau de notre *Juvénal*, au détriment d'un homme, qui fait dans un âge trèsmûr., la gloire & l'ornement de la France.

De *Caux* prétend rimer, & c'est-là sa folie,
Mais bien que ses vers durs d'épithétes enflés,
Soient de *tout amateur* chez *Procope* sifflés,
Lui-même il s'applaudit, & d'un *ton téméraire*,
Prend le pas au Parnasse au dessus de *Voltaire*,
Que feroit-il, hélas ! si quelque A U D A C I E U X
Alloit pour son malheur lui dessiller les yeux,
Lui faisant voir ses vers & sans force & sans graces,
Montés sur deux grands mots comme sur deux échasses;
Ses termes sans raison l'un de l'autre écartés,
Et ses froids ornemens à la ligne plantés.

H O M E R E, le T A S S E, P O P E ont été persécutés, ce qui est une consolation pour le grand M. de C A U X, qui dit d'ailleurs dans l'élégante Préface de son P A R N A S S E : *Serois-je à couvert des poursuites de l'envie, quand j'aurois fait un* C H E F - D'O E U V R E.

L E T T R E du véritable Auteur du Siécle Littéraire, à M. le Chevalier de * * *.

A Yant appris, Monsieur, par un de mes amis qui a l'honneur d'être des vôtres, que vous vous disposiez à donner au Public des O B S E R V A T I O N S sur L E S Œ U V R E S P O E T I Q U E S de M. de *Caux de Cappeval*, je prens la liberté de vous adresser cette Lettre, dans laquelle je déclare hautement, 1°. que M. de *Caux* est l'un des Continuateurs du treiziéme vol. des L E T T R E S S U R Q U E L Q U E S E C R I T S D E C E T E M S, & qu'il a fait les deux articles qui regardent le S I E C L E L I T T E R A I R E. 2°. Que M. *d'Aquin* n'est point Auteur de ce Livre.

M. *d'Aquin*, quoique adonné tout entier à l'étude.

tude de la Médecine, a dans ſes heures de loiſir fait la collection de quelques anecdotes curieuſes, qu'il a bien voulu me communiquer, il n'a d'ailleurs aucune part à l'Ouvrage, il eſt en conſéquence très-étonné de ſe trouver l'objet des plaiſanteries de M. de *Caux*. A peine le connoît-il ? Il m'a ſeulement dit qu'il avoit entendu parler des vers de ce Poëte, mais qu'il n'avoit jamais été tenté de les lire, que d'ailleurs il faiſoit beaucoup de cas du mépris & de l'inſulte de M. de *Caux*, & qu'il ne vouloit pas en dire même du mal. Il m'a prié en même tems d'aſſurer, que les Ouvrages à la tête deſquels ſon nom ne ſe trouve pas, ne peuvent jamais être regardés comme ſes véritables Ouvrages, dans le cas même où on les lui attribueroit.

Si-tôt que M. *d'Aquin* n'eſt point Auteur du *Siécle Littéraire*, que deviennent, Monſieur, les miſérables quolibets dont fourmille la longue & platte ſatyre du *Zoïle* moderne. *La Fontaine* a dit :

> *Dieu ne créa que pour les ſots,*
> *Les méchans diſeurs de bons mots.*

Je trouve ſingulier que M. de *Caux*, attribue un Livre à quelqu'un, lorſqu'il n'y a point de nom à la tête de l'Ouvrage. Les JOURNAUX DES SCIENCES, de TREVOUX, de VERDUN, le MERCURE DE FRANCE, offrent à ce ſujet l'exemple d'une ſage retenue. Si M. de *Caux de Cappeval* n'avoit point mis ſon nom à la tête de ſon Poëme du PARNASSE, je ne dirois pas publiquement qu'il en eſt l'Auteur, & je croirois lui rendre un bon ſervice.

Mais comment M. de *Caux* a-t-il deviné, que M. *d'Aquin* pouvoit être l'Auteur du Livre en queſtion, & pourquoi critique-t-il l'Ouvrage d'une façon ſi révoltante ? Permettez-moi, Monſieur, d'examiner ces deux points.

Voulant être Auteur *incognitò*, j'ai crû ne point déplaire à M. *d'Aquin*, mon ami, en diſant, ſans qu'il en ſût rien, dans quelques maiſons où j'étois ſoupçonné d'avoir fait un Livre, qu'il étoit l'Auteur de l'Ouvrage que l'on m'attribuoit. Je ne peux deviner par quel haſard M. de *Caux* a vû ces perſonnes ; il s'eſt informé à elles, qui étoit l'Auteur du *Siécle*, on lui a dit que c'étoit M. *d'Aquin*, ſur le champ il a mis la main à la plume, & a broché un libelle, où non-ſeulement il attaque M. *d'Aquin*, avec toute l'indiſcrétion qu'on ne pardonneroît pas à un très-jeune homme ; mais encore où il compromet M. de *Cahuſac*, M. l'Abbé

Pluche , & Madame du *Bocage.* Rien n'eſt ſi à craindre dans la ſociété qu'un mauvais plaiſant, rien auſſi n'eſt plus déteſté.

Je rends mille graces au Doƈteur de m'avoir gardé le ſecret , malgré ce manque de ma part , & malgré les froides railleries dont l'a accablé le Poëte de *Caux.* Je ne ſuis donc point connu du CONTINUATEUR *des Lettres ſur quelques Ecrits de ce tems* , mais ſi la fan-taiſie m'en prend , je me ferai connoître à lui ſur le ton convenable. Ce qui eſt certain , c'eſt que je ne ſuis ni très - *jeune* • ni *fils* d'un CELEBRE ORGANISTE , ni *Ecolier*, ni *Aſpirant* , ni *Etudiant* , ni *Doƈteur en Mé-decine.* Je ſuis, ainſi que mon Cenſeur, UN VIEUX GARÇON QUI TUE LE TEMS. On ſent à mer-veille que tous les titres que M. de *Caux* me donne , pour juger ſur le Parnaſſe , ſont des êtres de raiſon ; & quel rapport après tout , ces mauvais propos pétris de fiel & d'ennui , ont-ils avec un Livre dont on rend compte au Public ?

Pour ce qui regarde le ſecond article , rien de plus aiſé que de rendre raiſon de l'acharnement de M. de *Caux.* J'ai oſé prendre contre lui le parti de l'illuſtre *Voltaire* , j'ai oſé ſoutenir à M. de *Caux* , que la HEN-RIADE n'étoit point une *Chapelle* , (terme ſi impro-pꝛe , ſi choquant) & que ſon célèbre Auteur n'étoit regardé comme le LUCAIN DES FRANÇOIS , que par quelques Poëtes obſcurs , & par quelques vio-lens ennemis. Dans la Réponſe que je compte faire inceſſamment à mon *Zoïle* , JE REVIENDRAI LA-DESSUS , quoique M. de *Caux* apres avoir rapporté cent raiſons , plus mauvaiſes les unes que les autres , de ſa biſarre opinion , ſemble me le défendre , en di-ſant : *J'appuie ſur cet article afin qu'on n'y revienne plus.* Quelle fanfaronade ! Quelle petiteſſe !

Un Poëte auſſi orgueilleux que l'eſt M. de *Caux* , ſouffre impatiemment qu'on ne préfére pas ſon *Par-naſſe* ou *Eſſais ſur les Campagnes du Roi* , à la HEN-RIADE. Il ſe fâche bien davantage , lorſqu'on a la témérité d'apprécier ſon talent. Tout autre que M. de *Caux* , ſe fût montré reconnoiſſant des égards qu'on a eus pour lui dans le *Siécle Littéraire.* A la vérité , j'ai tant cherché dans le *Parnaſſe* de cet Auteur , que j'ai trouvé , non ſans peine , un endroit paſſable que j'ai trop loué. Voilà mon crime. J'eſpere , Monſieur, que vous placerez ma Lettre à la fin de vos *Obſerva-tions.* J'ai l'honneur d'être ,

Réponse

à joindre à d'Aguin, observa[tions]
[illegible] dem[...] pratiques de M. de Ca[...]

RE'PONSE de l'Auteur du Siécle Littéraire *de* L o u i s XV. *à la Critique de* M. *de* Caux de Cappeval , *l'un des Continuateurs des Lettres* sur quelques Ecrits de ce tems.

> Aimez qu'on vous censure ,
> Et souple à la raison, corrigez sans murmure,
> Mais ne vous rendez pas , *quand de Caux* vous reprend.
> *Despréaux* , *Art Poët. ch.* I V.

Q Uelques personnes à qui je ne peux rien refuser , m'ont pressé de répondre à la Critique offençante qu'on vient d'imprimer contre moi , dans la continuation du treiziéme volume des feuilles périodiques de M. *Freron.*

Je vais suivre la marche de mon Critique , mais je rappellerai avant , la Fable de l'A n e *vêtu de la peau du* L i o n. On comprend à merveille , sans que je l'explique , q u i est le L i o n. T e l vêtu de sa peau faisoit tout trembler.

> Un petit bout d'oreille échappé par malheur ,
> Découvrit la fourbe & l'erreur.

Après un long préambule sur le mérite , sur les louanges , sur les Panégyristes , sur le Temple de Mémoire , où le *Continuateur* aura sans doute une place distinguée, M. de *Caux de Cappeval* cite une Epigramme qui ne peut convenir qu'à lui. Tout le monde sait que le grand *Rousseau* a fait cette Epigramme contre un *Rimailleur* de son tems , qui avoit eu la témérité de chanter M. de *Catinat.* Je suis Prosateur , je n'ai point célébré les fils du Dieu *Mars,*

M. de *Caux* eſt Poëte, il a loué le *Maréchal de Saxe*, & pluſieurs autres Héros. Donc cette Epigramme excellente

O Catinat, quelle voix enrhumée,
De te chanter oſe uſurper l'emploi ? &c.

Appartient de droit, ſans y changer un mot, à l'Auteur du Poëme du *Parnaſſe. Je n'avance rien que je ne le prouve*, ainſi l'a décidé le *Continuateur* lui-même.

L'*Ex-Oratorien*, par une heureuſe tranſition, rappelle dans ſa Satyre informe, *des Lettres ſur M. de Fontenelle*, publiées en 1751. Celui qui les a faites, loin d'en rougir, auroit voulu (j'en ſuis perſuadé) témoigner encore mieux à l'unique & vénérable M. de *Fontenelle* ſon eſtime, ſon attachement & ſon reſpect. Eſt-ce donc un crime de louer & d'aimer, de tout ſon cœur, le plus grand & le plus digne des hommes ? Je dirai que ces Lettres, n'ont pas déplû au ſavant & judiciéux Auteur du *Journal de Trévoux*, que le célébre M. *le Franc* a daigné les approuver publiquement, dans une Lettre écrite à M. *Racine*, & imprimée à la fin de ſes Réflexions ſur les Tragédies immortelles d'un pere, qui lui a tranſmis ſes talens, cela n'empêche pas M. de *Caux* de blâmer ces Lettres. Le Novice de l'Oratoire ſe croit-il un plus fin Critique que le Pere *Berthier*, & un meilleur Juge que l'Auteur de *Didon* ? M. de *Cappeval* eſt ſans doute un très-grand Homme, qu'on ne connoît point.

Le pauvre *Continuateur* ſe fâche ſérieuſemen, de ce que le *Siécle Littéraire* comprend les Sciences & les Arts, de ce qu'on l'a traité par *Lettrés : Je me conforme*, à l'entendre, *au goût*

goût régnant , c'eſt la frivolité. Tout aujour-
d'hui ſe traite par LETTRES. Il ne ſent pas
qu'il a la maladreſſe d'attaquer l'*Année Littéraire* , qui ſe traite auſſi par *Lettres* , mais
comme il le dit lui-même à mon ſujet : *On ne
peut tout prévoir.*

Monſieur le *Régent* ne peut concevoir, comment la Muſique , la Danſe , la Sculpture , la
Gravure , &c. peuvent entrer dans un *Siécle
Littéraire.* Il fait en deux endroits cette futile
objection , & diſſerte profondément ſur cette
importante matiére.

On ne lui répondra , qu'en le priant de lire
le ſecond titre du Livre. On pourroit lui citer
l'*Hiſloire Littéraire du régne de* LOUIS XIV,
l'*Année Littéraire* , la *France Littéraire.* On
eſt ſurpris qu'un ancien Profeſſeur ne ſache pas
que la LITTÉRATURE , priſe en grand ,
renferme les Sciences & les Beaux Arts. Ré-
pondons à d'autres Critiques de la même force.

Il eſt faux qu'on enleve à *Lully* la gloire
d'avoir été le Fondateur de la Muſique de ſon
ſiécle , on l'appelle au contraire *le Créateur de
l'Opera en France.* On convient qu'il a ouvert
la carriére , mais on aſſure avec M. de *Voltaire* , avec M. d'*Alembert* , avec toute l'*Europe* que M. *Rameau* a fait de notre Muſique
un Art nouveau , ce qui fait conclure , que ce
grand Homme eſt le Fondateur de la Muſique
moderne. Il n'y a au monde qu'un M. de CAUX,
qui puiſſe combattre cette opinion. Ce Poëte
a le cruel & dangereux talent de prêter à ceux ,
dont il examine les Écrits , des opinions extra-
vagantes ; il lit dans un Ouvrage , non ce que
tout le monde y trouve , mais ce que ſa haine
envenimée voudroit y mettre : le fiel découle

(4)

de ſes lévres ,il tranſpoſe les phraſes , confond
les pages , change les mots , altére les pen-
ſées , y ſubſtitue les ſiennes. Quel brigandage!

Il eſt faux qu'on *ait ri aux depens des An-*
ciens. On reſpecte l'Antiquité ſans donner dans
le fanatiſme , c'eſt ce qui a engagé à douter
un peu des miracles attribués à la Muſique des
Grecs , mais non pas à les nier. Nous nous
exprimons ainſi au ſujet des Anciens. *La Grece,*
ce berceau des Arts , les a portés tous à un de-
gré d'élévation , que les autres peuples ont eu
beaucoup de peine à atteindre. Je demande aux
gens ſenſés , ſi c'eſt-là s'émanciper & rire aux
dépens des Anciens.

On eſt encore l'objet de la raillerie du Critique , lorſqu'on dit que les fameux Poëtes Grecs
ne peuvent être , en même tems , grands Muſiciens. Voilà un blaſphême impardonnable. Ici
au moins je ne ſuis pas inſulté ſeul , M. *Rouſ-*
ſeau de *Geneve* n'eſt point épargné. Quand il
s'agit d'injures M. de *Caux* me donne toujours
de la compagnie. Tantôt c'eſt M. de *Cahuſac ,*
tantôt M. *Pluche* , une autrefois Madame du
Bocage , M. de *Chaſſiron* , quelquefois M. de
Voltaire , M. de *Crebillon.* Il me ſemble voir
un nouvel *Arétin* , qui voudroit ſe faire craindre des Auteurs , autant que l'ancien étoit re-
douté des Puiſſances.

Mon Critique aprês une mortelle page d'ennuyeux & faux préceptes , finit par penſer
comme moi , il convient que chez les Grecs ,
les grands Muſiciens ; c'eſt-à-dire , les Compo-
ſiteurs , faiſoient une claſſe à part. Que d'éloquence perdue ! On me fait un crime d'ignorer , que le *Nombre* , la *Cadance* , l'*Harmo-*
nie, la *Danſe* , la *Poëſie* , l'*Eloquence* , les *Ma-*
théma-

thématiques, que tout cela réuni eſt la Musique. Je me fais gloire d'*ignorer* ce que perſonne n'a jamais ſû, ce que perſonne ne peut
comprendre. M. le *Régent*,

Je veux mourir , ſi pour tout l'or du monde,
Je voudrois être auſſi ſavant que vous.

On ne veut pas me permettre de faire ob-
ſerver, que *les Arts arrivent lentement à la per-
fection*. On aſſure, on décide avec confiance
que la Poéſie , que la Muſique ; en un mot, que
tous les Arts paſſent rapidement de *leur aurore à leur midi*. Cela eſt abſolument faux chez
les Grecs, & encore plus faux chez nous. Chez
les Grecs , il y a loin de *Theſpis* à *Sophocle.*
Chez nous, *Garnier*, *Jodelle* , *Hardi* ſont nos
premiers Tragiques. *Scuderi* , *Chapelain* , *Deſ-
marets* ſont nos premiers Poëtes Epiques. Voilà
l'*aurore* de ces Arts , qui aſſurément n'ont point
paſſé rapidement à leur *midi* , puiſque le *Cid*
du grand *Corneille* , & la *Henriade* de M. de
Voltaire n'ont paru que long-tems après. Cela
ſuffiroit pour me juſtifier , ſi mon Critique dont
les jugemens ont tant de poids dans le Public ,
n'avoit affirmé le contraire. L'aurore du
Novice de l'Oratoire, non moins rapide que ſon
midi , doivent inſpirer un certain reſpect pour
ſes déciſions.

Sur la foi de quelques Interprétes , j'ai eu la
témérité de dire qu'*Achille*, en jouant de ſa lyre,
calmoit les fureurs d'*Agamemnon*. Je m'en repens ſincérement. Je me repens encore d'avoir
ſoutenu, que nous avons dans notre ſiécle de
la Muſique qui endort. J'aurois peut-être eu
plus de gens de mon parti, ſi j'avois dit qu'il
y a de longs Poëmes modernes qui aſſoupiſſent,

mais qu'aurois-je gagné à cela, M. de *Caux*? vous m'auriez toujours critiqué, vous avez fait un Poëme.

Vous avez tort de dire, *qu'on ait loué M. de* Cahusac *aux depens de* Quinault, *& qu'on loue tout le monde avec une bonté d'ame peu commune.* Vous êtes inftruit du contraire mieux qu'un autre. On a crû, malgré les cris de l'envie, devoir rendre juftice à l'eftimable Auteur du Ballet des *Fêtes de l'Hymen*, & de la Tragédie de *Zoroaftre*, à cet Auteur à qui M. *Rameau* doit tant. Vous êtes bien hardi d'avancer que *Zoroaftre* eft tombé, & de faire fentir que ce Poëme eft médiocre. Lifez l'analyfe de cet Ouvrage dans les *Obfervations fur la Littérature moderne*. Mettez des bornes à votre fureur fatyrique, & avant que de juger les autres fi defpotiquement, réfléchiffez fur vous-même. Le confeil eft utile, & le travail immenfe.

Vous avez tort de dire que j'ai donné tête baiffée dans le *fyftême*, d'ôter à l'OPERA le merveilleux de la Fable. J'ai dit feulement, après avoir expofé le *fyftême* de M. de *Chaffiron*, »l'amour de la gloire & de la patrie doit »valoir au moins cet amour efféminé, du-»quel on n'ofe s'écarter lorfqu'on compofe pour »l'*Opera*.» Eft-ce là ôter le merveilleux de la Fable? Je fuis fûr d'avoir pour moi les gens qui ont des mœurs, & toutes les perfonnes raifonnables qui veulent étendre la carriére des Arts. Après cela critiquez moi, j'y confens.

Oui, M. de *Caux*, malgré vos petites railleries, je déclare hautement, que je regarde M. *Rameau* comme le plus grand Muficien de l'*Europe*, & comme fupérieur à *Lully* à bien

des

des égards. Je perſiſte dans ce ſentiment, &
je ſouffritai de nouvelles injures de votre part,
plutôt que de m'écarter tant ſoit peu de mon
opinion.

Mais c'eſt mourir deux fois que ſouffrir tes atteintes.

Je ne ſuis point transfuge du goût François,
je ne fortifie point le parti des *Bouffoniſtes*, mon
Livre le prouve évidemment. Je me ſuis ex-
pliqué aſſez clairement, ſur le plaiſir que pro-
curent les deux Muſiques rivales ; en un mot,
pour me ſervir de vos expreſſions giganteſques
& puériles : *Je ne ſuis point les étendarts de
l'audacieux* JEAN JACQUES, encore moins
les vôtres. Etes vous donc l'éternel perſécuteur,
ou de ceux qui ont trop de jugement pour penſer comme vous, ou de ceux qui ont trop de
goût pour approuver vos vers ?

Sachez que je n'ai point parlé mal de *Quinault*, il y a apparence que vous avez jugé
mon Livre ſans l'avoir lû. Je dis que » *Deſpréaux*
» a badiné le *Quinault* des Tragédies douce-
» reuſes & froides, & non l'Auteur des im-
» mortels Opera d'*Armide* & de *Theſée.* »

Sachez *que ſi* Condé *doit juger* Turenne,
vous, M. de *Caux*, vous devez vous taire ſur
tous les Gens de Lettres.

Sachez que je ne fais aucun tort au goût
éclairé de M. *Titon du Tillet*, en publiant que
cet homme reſpectable voudroit qu'on louât
tout ce qui eſt digne de l'être, & qu'on ne
diminuât pas les talens de *Lully* pour élever
Rameau, ou ceux de *Rameau* pour élever *Lully.*
M. du *Tillet* que la poſtérité appellera le Pere
des Beaux Arts, eſt au deſſus des éloges vul-
gaires & des flatteurs.

Sachez que je suis Poëte pour rire , & que vous , vous l'êtes par métier , vous osez même vous croire un grand Poëte.

Voltaire , auprès de vous n'a point d'invention , *Voltaire* , n'entend point la noble fiction.

Je suis charmé que mon *Paralelle* ne soit point de votre goût ; des *Juges compétens l'ont apprécié , ce qui doit me suffire. Je dirai avec le grand *Rousseau* :

Un Auteur qui fait mordre ,
En me louant , fait me rendre joyeux ;
Mais le venin de ceux du dernier ordre ,
Est un parfum que j'aime cent fois mieux.

D'autres Juges non moins éclairés ont instruit le Public de votre capacité. L'Auteur du *Voyage au sejour des Ombres* , seconde Partie , *pag.* 187. vous fait rendre par l'Abbé *Desfontaines* toute la justice qui vous est dûe.

Apprenez & retenez que *la Musique est le fond veritable de l'Opera.* Les paroles du Ballet *des Arts* de M. de *la Motte* sont charmantes , la Musique de *la Barre* est très-foible , cet Opera n'a point réussi ; la Musique de l'*Hippolyte* du grand *Rameau* est neuve & sublime , les paroles de l'Abbé *Pellegrin* sont médiocres , cet Opera a eu un succès prodigieux. Refusez-vous à l'évidence. Je vous conseille, en cas que vous acheviez encore des *feuilles* , & que vous reveniez sur cette matiére , de lire les *Observations* de Monsieur l'Abbé *de la Porte* , qui jettent de la clarté sur ce point. Tâ-

---

* Voyez les *Observations sur la Littérature moderne* , tom. VIII. p. 191.

chez

chez de vous former l'esprit, accoutumez-vous
à raisonner, vous jugerez ensuite. Vous n'ê-
tes pas dans la première jeunesse. Qu'importe ?
On apprend à tout âge.

Je trouve l'idée de votre *errata* pour les fau-
tes de langage très - plaisante, & je conviens
que vous avez raison. On me pardonnera ces
négligences , lorsqu'on saura qu'il m'a été im-
possible de veiller moi - même à l'impression
de l'Ouvrage. Au lieu de dire : *Je defie à , &c.*
Tel orgueilleux que soit , &c. Telle chose que
l'on dise , &c. Je dirai désormais : *Je defie M.*
de Caux de faire un bon Poëme. Quelque or-
gueilleux que soit M. de Caux , *quelque chose*
que l'on dise , le Poëme du *Parnasse* est un
Ouvrage ignoré.

Je prie qu'on ne fasse point attention au titre de mon Livre , qui peut - être est trop im-
posant , & qui exigeroit plus d'ordre & de mé-
thode. Je le regarde du même œil que l'a en-
visagé M. l'Abbé de *la Porte* ; je veux dire ,
comme des instructions nécessaires aux Provin-
ces, & comme des ME'MOIRES *utiles à ceux,*
*qui dans la suite entreprendront d'écrire l'*HIS-
TOIRE LITTE'RAIRE *du siécle présent.* Voilà
à quoi je me borne , voilà pourquoi je recueille
les anecdotes courantes.

Je ne sais si je me suis trompé , en regar-
gardant *la Poësie comme le plus difficile de tous*
les Arts , qui se proposent pour objet l'imitation
de la nature. Il faut sans doute une étude pro-
fonde , il faut du génie pour exceller dans la
Musique , dans la Peinture , mais faut - il ces
choses au même dégré ? Les batailles de *le Brun*
affectent elles l'ame comme celles d'*Homere* ,
de *Milton* , du *Tasse* & de *Voltaire* ? Les sons

de *Lully*, de *Rameau*, de *Pergolese* peindront-
ils les enfers comme *Virgile* ? Eleveront-ils
votre ame comme *Corneille* & *Rousseau* ? Vous
plongeront-ils dans la douleur, Arracheront-
ils vos larmes comme *Racine* ? Vous inspi-
reront-ils la terreur comme *Crebillon* ? Les
Pastorales de *Boucher* feront-elles autant d'effet sur vous, que les Eglogues de *Fontenelle* ?
Un grand Poëte qui auroit critiqué mon Livre, auroit soutenu avec raison les prérogati-
ves de son Art. La Poësie, la Peinture, la Musique font trois sœurs, mais la Poësie est la pre-
miére. Le systême du *Zoile* est insoutenable.

J'ai dit » que jamais les buveurs d'eau n'ont fait
» de bons vers. » C'est une régle qui a son ex-
ception, car M. de *Voltaire* boit de l'eau, &
M. de *Caux* boit du vin.

C'est ici que j'ai lieu de me plaindre, ou de
la mauvaise foi, ou du peu d'intelligence de
mon Censeur. En parlant de l'Epopée, je parois
surpris que tant de Poëtes médiocres du dernier siécle, & sur-tout du nôtre, ayent osé en-
treprendre des Poëmes Epiques. Je rappelle ces
vers fameux de *Despréaux*.

Un Poëme excellent où tout marche & se suit, &c.

M. de *Caux* qui sent à merveille à qui ce
préambule peut convenir, a la cruauté d'en
faire l'application au plus grand Poëte de la
Nation, au rival d'*Homere*. M. de *Cappeval*,
ce n'est point l'Auteur de la *Henriade* que j'a-
vois en vûe, mais l'ennemi de ce Poëme admirable. Vous m'entendez, & tout Lecteur
peut deviner aisément.

On fait comme vous, & on l'a dit avant
vous, que pour faire un Ouvrage parfait, il
faut

faut joindre l'ordonnance au beau coloris ; mais cela n'empêchera pas de répéter, que l'expreſſion eſt ce qui donne la vie aux Poëmes. *Chapelain* eſt exact & régulier, peut on le lire ?

L'illuſtre M. de *Voltaire* eſt très-bien nommé le *Virgile* des François, & non pas le *Lucain* ; il eſt faux que dans le plan de l'*Enéide*, *Virgile* n'ait pas voulu reſſembler à *Homere*, ni M. de *Voltaire* à tous les deux. Comment peut-on débiter avec aſſurance de ſi choquans paradoxes ? La ruine de *Troye*, la deſcente d'*Enée* aux enfers, les voyages de ce Héros, voilà ce me ſemble ce qu'on peut trouver ſans peine dans *Homere*. Que ce ſoit *Enée* ou *Ulyſſe*, peu importe !

Le Poëme de la *Henriade* n'eſt pas plus hiſtorique qu'aucun autre. Les *Croiſades* chantées par le *Taſſe* ſont connues de tout le monde. Le *Camouens* a célébré un événement dont il avoit été témoin lui-même. Des Fables reçûes du tems de *Virgile*, & qui paſſoient pour l'Hiſtoire véritable de la deſcente d'*Enée* en *Italie*, ſont les fondemens du Poëme de l'*Enéide*. *Homere* lui même qui vivoit cent ans après la priſe de *Troye*, pouvoit dans ſon enfance avoir connu des vieillards qui euſſent vû ce ſiége. Auſſi ſon Livre eſt-il un précieux monument de ces mœurs anciennes.

Il n'eſt pas difficile de prouver que la *Henriade* reſſemble à l'*Enéide*, & non à la *Pharſale*. *Enée* & *Henri IV. Achates* & *Mornay*, *Sinon* & *Clément*, *Turnus* & d'*Aumale*, voilà pour les perſonnages. Le repas des Troyéns ſur la côte de *Carthage*, & celui de *Henri* chez le Solitaire de *Gerſey*, le maſſacre de la Saint *Barthelémi* & l'incendie de *Troye*, la deſcente d'*Enée* aux enfers & le ſonge de *Henri IV*, l'antre de la *Sibylle* & le ſacrifice des *Seize*, les amours de *Didon* & de la belle *Gabrielle*, voilà pour les épiſodes. Enfin

les guerres qu'ont à foutenir les deux Héros, la mort
d'*Euriale* & celle du jeune d'*Ailly*, les combats fin-
guliers d'*Enée* contre *Turnus*, & de *Turenne* contre d'*Aumale*, le ftyle des deux Poëtes, leur art, leur goût,
leurs comparaifons, leurs defcriptions, voilà ce qui
m'a engagé à les comparer enfemble, voilà pourquoi
j'ai appellé M. de *Voltaire* notre *Virgile*. Ais-je tort ?

Apres vous avoir dit, M. de *Caux*, que la longueur
de l'*Iliade* n'eft pas le plus grand mérite de ce Poëme
divin, après vous avoir foutenu, que la *Henriade* a affez
d'étendue pour un Poëme François, (vû les grandes
difficultés de notre Poëfie) j'ai avancé qu'il ne feroit pas difficile de faire un Poëme de trente mille vers,
mais qu'on n'auroit point de Lecteurs : *Il ne fuffit pas,*
ais-je ajouté, *d'être long, il faut être raifonnable.* Pourquoi avez-vous l'injuftice de me faire dire qu'*Homere
déraifonne* ? En vérité, je ne vous conçois pas. Il faut
que je m'explique clairement avec vous, puifque vous
faites *le petit malicieux.* Il eft queftion dans le monde
de votre grand Poëme des *Campagnes*. Je fais que l'*I-
liade* n'a que quinze mille vers, mais que votre Ouvrage en a du moins trente mille. *Intelligenti pauca.*

Je paffe fous filence votre pitoyable bon mot fur Madame du *Bocage*, dont je refpecte & j'honore les talens.
N'ayant pas l'honneur de la connoître, mes éloges ne
font point fufpects. Vous, M. de *Caux*, vous avez cet
avantage. Eft-il poffible que vous vous foyez fi indé-
cemment égayé à fes dépens ?

Ce n'eft pas l'Auteur d'*Idomenée*, ainfi que vous l'ob-
fervez méchamment, qui eft le digne fucceffeur de *Corneille*, c'eft l'Auteur d'*Atrée* & de *Rhadamifte*. Mon
indulgence pour les jeunes Poëtes a un fondement raifonnable, que n'êtes-vous encore jeune ? Quelque mécontent que je fois de votre *Extrait infidéle*, & de votre
Critique injurieufe, ce ne fera jamais moi qui vous *affi-
gnerai la derniére place dans la République des Lettres*,
ne craignez que le Public.

Je finis en obfervant que l'occafion a bien fervi votre amour-propre outragé, car que deviendroit votre
Critique, fi elle ne fe trouvoit placée dans un volume,
que le Libraire a voulu rendre compler. Sans cela vos
traits envenimés fe feroient perdus dans les airs, fem-
blables à ces moucherons incommodes que le vent em-
porte. Grace au Livre que vous avez continué. Il y
aura enfin un mauvais Ouvrage de vous qu'on lira.

www.ingramcontent.com/pod-product-compliance
Lightning Source LLC
Chambersburg PA
CBHW061126050726
47594CB00005B/2112